Meine kniffligsten Leselöwen
Geheimnis- und Detektivgeschichten

Meine kniffligsten Leselöwen

Geheimnis- und Detektivgeschichten

LESELÖWEN
Das Original

www.leseloewen.de

ISBN 978-3-7855-8101-8
1. Auflage 2015

Als Einzelbände bereits im Verlag erschienen:
Leselöwen-Geheimnisgeschichten (Marliese Arold)

Leselöwen-Detektivgeschichten (Manfred Mai)

Umschlagillustration: Katharina Wieker
Reihenlogo: Cornelia Funke
Umschlaggestaltung: Franziska Trotzer
Printed in Poland

www.loewe-verlag.de

Inhalt

Geheimnisgeschichten

Der Geheimhund 13
Verhext und vergesslich 20
Großes Geheimnis 28
Der sagenhafte Schatz 35
Omas Geheimnis 43
Der Zauberring 48
Das Geheimversteck 57

Detektivgeschichten

Meisterdetektive 67
Wer war's? 75
Keine schöne Überraschung 83
Karola Köpfchen 91
Ein geheimnisvoller Mann 100
Mister X 107

Geheime Zaubersprüche

Marliese Arold

Geheimnisgeschichten

Illustriert von Alex de Wolf

Der Geheimhund

Felix wünschte sich von ganzem Herzen einen Hund. Aber wenn er mit seinen Eltern darüber sprach, sagten sie nur: „Vielleicht bekommst du einen, wenn du größer bist.“ Oder sie stellten sich gleich ganz taub.

Sein Freund Jonas dagegen war ein richtiger Glückspilz. Er hatte eine Hündin. Sie hieß Belinda. Ihr Fell leuchtete wie pures Gold.

Eines Tages erzählte Jonas in der Pause, dass Belinda Junge gekriegt hatte. „Fünf Stück“, sagte er stolz.

Natürlich ging Felix nach der Schule mit Jonas nach Hause. Er wollte unbedingt die Welpen anschauen. Wie winzig klein sie waren! Zu fünft wuselten sie in einem Korb herum.

„Wenn die Welpen ein bisschen größer sind, darfst du sie anfassen“, versprach Jonas.

In der nächsten Zeit besuchte Felix oft seinen Freund. Er streichelte die kleinen Hunde und spielte mit ihnen. Sie hießen Benni, Balduin, Biggi, Bella und Britta. Balduin hatte ein goldenes Fell wie seine Mutter. Felix mochte ihn am liebsten.

Schon bald lief Balduin bei jedem Besuch zu Felix hin und begrüßte ihn freudig.

Auch Jonas merkte, wie gern sich die beiden hatten. „Willst du Balduin haben?“, fragte er. „Alle Hunde kann ich sowieso nicht behalten.“

Felix konnte es nicht glauben. „Willst du ihn mir wirklich schenken?“

„Klar“, sagte Jonas. „Er muss noch ein paar Wochen bei Belinda bleiben, aber dann darfst du ihn nach Hause mitnehmen.“

Felix freute sich riesig. Endlich hatte er einen eigenen Hund! Ab jetzt verbrachte er noch mehr Zeit bei Jonas.

„Morgen kannst du Balduin mit nach Hause nehmen“, sagte Jonas an einem Donnerstag.

Oh weh! Felix bekam einen roten Kopf. Seine Eltern wussten ja noch gar nicht, dass Balduin ihm gehörte!

„Ich kann Balduin erst nächste Woche mitnehmen“, stotterte Felix. Schnell erfand er eine Ausrede. „Am Wochenende fahren wir nämlich zur Oma nach Hamburg.“

„Na gut“, meinte Jonas. „Dann holst du Balduin eben am Montag.“

Felix quälte sich das ganze Wochenende. Er wartete auf eine gute Gelegenheit, um mit seinen Eltern über Balduin zu reden. Doch es wurde Sonntagabend und Felix hatte immer noch nichts gesagt.

Am Montag schwindelte Felix seinen Freund wieder an. „Heute muss ich zum Zahnarzt.“ Am Dienstag hatte Felix eine neue Ausrede. Da musste er in die Musikschule. Und am Mittwoch war ein wichtiges Fußballspiel. So ging es die ganze Woche.

Jonas wurde langsam ungeduldig. „Wenn du Balduin nicht willst, dann schenke ich ihn meinem Cousin.“ Aber das wollte Felix auf keinen Fall.

„Morgen“, versprach er. „Morgen hole ich Balduin.“

Abends vor dem Schlafengehen druckste er lange herum.

„Was ist los, Felix?“, fragte Mama. „Hast du was ausgefressen?“

Felix schüttelte den Kopf. „Mama, welche Hunde kennst du eigentlich?“

Die Mutter zählte auf: „Pudel, Dackel, Schäferhunde …“

„Und Geheimhunde“, ergänzte Felix.

Mama zog die Augenbrauen hoch. „Geheimhunde?“

„Das sind Hunde, über die man nicht reden darf und die man verstecken muss, weil sonst was passiert. Zum Beispiel flippen die Eltern aus“, sprudelte Felix heraus.

„Aha“, sagte Mama. „Und so einen Geheimhund kennst du?“

Felix nickte. „Ja. Er heißt Balduin und ist furchtbar nett.“ Plötzlich konnte er alles erzählen. Wie Jonas ihm den Hund geschenkt hatte und wie gut sie sich verstanden. Und welche Angst Felix gehabt hatte, dass die Eltern ihm Balduin nicht erlauben würden.

Zum Glück war Mama gar nicht wütend. Sie lachte sogar und wuschelte Felix durchs Haar.

„Morgen Nachmittag holen wir beide Balduin ab. Ich bin wirklich schon sehr gespannt auf deinen Geheimhund!“

Verhext und vergesslich

„Amanda, hilf mir!“, rief die Hexe Zora und schüttelte nervös ihre langen Zotteln. „In meinem Büro sitzt eine Dame, die ganz schrecklich verliebt ist. Leider weiß der Mann noch nichts von seinem Glück.“

„Dann brauchen wir wahrscheinlich einen Liebeszauber“, sagte Amanda nachdenklich und staubte weiter die

Gefäße ab. Seit einer Woche arbeitete Amanda bei Zora als Putzfrau. Die Unordnung bei der alten Hexe war unglaublich!

„Genau, einen Liebeszauber“, rief Zora und schnippte mit den Fingern. „Was gibt es denn da schnell wieder? *Mirakel, Mirakel, Spinnengekrakel* –“

„Halt, halt, das ist der falsche Spruch“, rief Amanda. „Damit treibt man den Mann in die Flucht.“ Amanda war zwar keine ausgebildete Hexe, aber sie hatte schon in vielen Hexenhaushalten gearbeitet. Dabei hatte sie etliche Zaubersprüche aufgeschnappt.

„Du hast recht“, murmelte Zora und zottelte nervös ihr Haar. „Was nehmen wir denn dann?“

„Ganz einfach.“ Amanda zeichnete mit ihrem Staubwedel ein großes Herz in die Luft. *„Herzen in Flammen – kommt zusammen!“*

„Richtig, richtig, jetzt erinnere ich mich“, kicherte Zora. „Das ist ein sehr starker Spruch, nicht?“

„Äußerst stark“, sagte Amanda. „Und er wirkt sofort.“

Zora schlurfte zufrieden zurück ins Büro.

Als Amanda gerade den Schlamm von Zoras Stiefeln kratzte, kam Zora wieder in die Küche gestürzt. Hölle und Schwefel! „Oh, es ist ganz schrecklich mit mir! Eben habe ich aus Versehen einen jungen Mann in einen Skorpion verwandelt! Dabei wollte ich ihm nur ein Mittel gegen Haarausfall geben!“

Amanda seufzte. „Einen Skorpion in

einen Menschen zurückzuverwandeln ist ein bisschen schwierig, aber es geht." Sie krauste die Stirn. „Du musst dreimal rückwärts um den Tisch laufen und dabei sagen: *Werde Mensch, werd wieder Mann, damit ich heut Nacht schlafen kann.*"

„Danke, danke!", rief Zora und küsste Amanda vor lauter Begeisterung auf die Wange. „Du bist wirklich eine Perle, Schätzchen!"

Sie wollte schon wieder in ihr Büro sausen, aber da rief Amanda ihr nach: „Und der Spruch gegen Haarausfall geht so: *Zauberkraft, verlass mich nicht! Haare, werdet dicht statt licht!*"

Zora warf Amanda eine Kusshand zu und flitzte davon.

Am Abend war Zora völlig am Boden zerstört. Sie kam aus dem Keller und schleppte unter den Armen ein paar dicke Zauberbücher. Die Bücher waren in einem entsetzlichen Zustand.

„Schau dir das an, Amanda. Das sind ganz wichtige Unterlagen! Da steht alles drin, was man zum Zaubern braucht. Und jetzt? Verschimmelt! Nass geworden! Von Würmern zerfressen! Unlesbar!“

Und ehe Amanda es verhindern konnte, schleuderte Zora die Bücher in den Kamin. Sie hockte sich an den Tisch und begann herzzerreißend zu heulen.

„Was soll ich nur tun? Ich kann meinen Job an den Nagel hängen! Aber wovon soll ich dann leben? Oh, am besten, ich verwandle mich gleich in eine Butterblume! *Hokuspokus, Tiergebein* –“

Amanda hielt Zora die Hände fest. „Stopp, stopp, damit bringst du das Haus zum Explodieren!“

„Kann sein“, schniefte Zora. „Ich bin so furchtbar vergesslich geworden, es ist einfach schlimm! Und das Schlimmste ist, dass es immer schlimmer wird. Wenn das jemand merkt, ist mein Ruf dahin und kein Mensch wird mehr zu mir kommen!“

Sie schaute auf. „Jetzt weißt du mein Geheimnis, Amanda."

Amanda hatte Mitleid mit der alten Hexe. „Wir könnten zusammen üben. Ich kenne viele Zaubersprüche. Ich schreibe sie dir auf. Vielleicht kann man auch ein paar Zauberbücher kopieren …"

„Du willst mir wirklich helfen?“, fragte Zora gerührt.

„Und ich verrate bestimmt keinem dein Geheimnis“, versprach Amanda.

„Ach, Amanda, was für ein Glück, dass du gekommen bist“, freute sich Zora. „Weißt du was? Wir werden das Hexengeschäft ab sofort gemeinsam führen. Und über die Tür schreiben wir: *Amanda und Zora – Zauberei von A bis Z.*“

Amanda war begeistert. „Prima Idee“, rief sie. „Zaubern macht sowieso mehr Spaß als Putzen!“

Großes Geheimnis

Lars und Diana konnten es kaum erwarten, bis ihr neues rotes Zelt aufgebaut war. Endlich stand es im Garten neben dem Apfelbaum. Die Geschwister holten Luftmatratzen und Schlafsäcke. Gleich diese Nacht wollten sie im Zelt schlafen.

„Habt ihr keine Angst?“, fragte Mama.

Lars und Diana schüttelten die Köpfe. Angst? Wovor denn? Sie waren doch keine Babys mehr!

Am Abend putzten sich Lars und Diana freiwillig die Zähne und zogen Schlafanzug und Nachthemd an. Dann schlüpften sie in ihr Zelt, ausgerüstet mit Taschenlampen, Büchern, Keksen und zwei Thermoskannen Tee.

Sie lasen noch eine Weile, bis es zum Lesen zu dunkel war. Dann erzählte Diana eine Gespenstergeschichte. Danach dachte sich Lars eine aus. Anschließend mussten beide noch einmal aufs Klo und rannten ins Haus.

Beim Rausgehen gab Mama ihnen den Haustürschlüssel mit. „Für alle Fälle“, meinte sie. „Vielleicht wollt ihr später doch lieber in euer eigenes Bett.“

„Bestimmt nicht!“, sagte Diana.

Im Zelt schlüpften die beiden in ihre Schlafsäcke und zogen den Reißverschluss zu. Draußen war es jetzt stockfinster.

„Gute Nacht, Lars“, sagte Diana.

„Gute Nacht, Diana“, sagte Lars.

Aber keiner konnte einschlafen.

Plötzlich setzte sich Diana auf. „Hast du das auch gehört?“ Zwischen den Rosen piepste es.

„Mäuse“, flüsterte Lars.

„Mäuse sind niedlich“, wisperte Diana.

„Aber nicht nachts“, antwortete Lars.

„Hoffentlich kommen sie nicht ins Zelt.“

Mäuse im Schlafsack waren Diana auch nicht geheuer. „Quatsch“, meinte sie. „Die haben doch Angst vor uns.“

Sie legte sich wieder hin. Die Mäuse waren jetzt ruhig, aber Diana spitzte weiter die Ohren. Auf einmal raschelte es vor dem Zelt. Jemand lief schnarchend und schnüffelnd über den Rasen.

Lars klammerte sich an Diana. „Was ist das?“

Diana knipste die Taschenlampe an und leuchtete hinaus. „Hau ab!“, schrie sie laut.

Im Schein der Taschenlampe lief ein Igel davon.

„Nur ein Igel“, murmelte Lars.

„Sollen wir nicht doch im Haus schlafen?“, schlug Diana mit matter Stimme vor.

Lars war gleich einverstanden. In Windeseile rannten sie barfuß zum Haus. Bloß nicht umschauen! Der Garten war jetzt voller Gespenster: die Rosenmumie, das Fliedermonster und der gefährliche Apfelbäumling …

Wenig später lagen sie in ihren warmen Betten. Nach einer Weile kam ihnen ihre Angst auf einmal dumm vor. Aber rausgehen wollten sie trotzdem nicht mehr.

„Ob uns Mama jetzt für feige hält?“, überlegte Lars.

„Sie braucht es doch gar nicht zu erfahren“, meinte Diana. Listig stellte sie den Wecker auf sechs Uhr.

So schlichen am nächsten Morgen zwei Gestalten durch das taunasse Gras und krochen wieder ins Zelt.

Zwei Stunden später kam Mama, um die Kinder zu wecken. „Frühstück ist fertig“, verkündete sie. „Na, wie war eure erste Nacht im Zelt?“

„Ganz prima“, schwindelte Diana und blinzelte Lars zu.

Er blinzelte zurück. Klar, großes Geheimnis!

„Dann kommt mal frühstücken, ihr tapferen Helden“, meinte Mama und lächelte geheimnisvoll.

Nachher würde sie schnell die Kinderbetten neu beziehen. Denn schmutzige Füße hinterlassen auf weißen Betttüchern bekanntlich Flecken …

Der sagenhafte Schatz

„Hier ist das Haus“, flüsterte Otto, der Krummbeinige. Er spähte durch die Fensterläden. „Wir haben Glück! Der alte Graubart ist allein daheim.“

Der langarmige Edgar rieb sich die Hände. „Ha, dann haben wir leichtes Spiel. Hoffentlich können wir den Schatz zu zweit tragen. Es wäre jammerschade, wenn wir etwas zurücklassen müssten!“

„Schschsch! Nicht so laut“, warnte Otto. Mit einem Brecheisen stemmte er die Haustür auf.

Die Tür war morsch und gab gleich nach. Auf Zehenspitzen schlichen die beiden Gauner durch den Flur ins Wohnzimmer. Dort saß der alte Pirat Graubart bei Kerzenschein vor einem Glas Wein und ordnete Fotos.

„Und das war das Schiff, das wir an der Koralleninsel geentert haben. Das waren noch Zeiten!“ Er war so vertieft, dass er

gar nicht merkte, wie sich Otto und Edgar von hinten anschlichen.

Otto bohrte dem Piraten einen Zeigefinger in den Rücken und Edgar hielt ihm ein großes Messer an den Hals. „Das ist ein Überfall! Hände hoch! Schreien ist zwecklos."

Graubart hob langsam die Hände und starrte die Männer mit seinem linken Auge an. Das rechte war nämlich aus

Glas. „Ich nehme an, dass ihr nicht gekommen seid, um ein Glas Wein mit mir zu trinken“, murmelte er.

„Richtig erkannt, Graubart.“ Otto grinste. „Wir wollen den Schlüssel zu deinem Keller!“

Graubart seufzte. „Ihr wollt die Schatzkiste, die ich vor dreißig Jahren erbeutet habe.“

„Du bist wirklich ein schlaues Kerlchen“, lobte Edgar.

„Wollt ihr alles rauben?“, jammerte Graubart. „Ihr wisst doch, dass ich den Schatz für den Tag aufhebe, an dem ich einmal nicht mehr bin. Meine Erben sollen ihn bekommen, damit sie ein anständiges Leben führen können und kein Schiff mehr überfallen müssen.“

„Das ganze Dorf kennt diese Geschichte. Du erzählst sie seit dreißig Jahren – seit du diesen wunderbaren, sagenhaften Schatz gefunden hast“, sagte Otto. „Jetzt her mit dem Schlüssel, aber dalli!“

Graubart langte in seine Hosentasche und reichte den Gaunern einen großen eisernen Schlüssel.

Otto grinste. „Na also. Komm, Edgar!"

Sie sperrten die Kellertür auf und stiegen die Treppe hinab. Es war stockfinster. Otto knipste seine Taschenlampe an und leuchtete den Weg. Sie tappten durch die Gewölbe, bis sie in der Waschküche landeten. Neben der Waschmaschine stand die Schatzkiste. Sie war riesig und aus dunklem Holz.

Ottos Augen funkelten. „Jetzt sind wir reich, Edgar!“

Das Schloss war für die geübten Einbrecher kein Problem. Dann stemmten sie den Deckel hoch. Er war so schwer, dass sie es kaum schafften. Erst beim dritten Versuch klappte es.

Otto leuchtete in die Kiste hinein. Sein Mund wurde trocken. „Siehst du auch, was ich sehe, Edgar?“

Edgar schluckte. „Leer“, flüsterte er. „Keine Münze, keine Perle, keine Kette, nicht einmal ein Ring … Ist das möglich?“

„Dieser alte Halunke!“, schnaubte Otto. „Er hält schon jahrelang das Dorf zum Narren! Nichts ist in der Schatzkiste, nicht mal ein Mäuseschwanz! So eine Pleite!“

„So eine Pleite“, wiederholte Graubart, der plötzlich in der Tür stand. „Das dachte ich vor dreißig Jahren auch. Fünf Mann waren nötig, um die schwere Kiste aus dem Wasser zu fischen und an Land zu schaffen. Wir haben drei Tage

gebraucht, um das Schloss zu knacken. Und dann war die Kiste leer!“ Er grinste. „Wir schworen uns, dass niemand etwas von unserer Niederlage erfahren sollte. Deswegen verbreiteten wir das Gerücht von dem sagenhaften Schatz. Die anderen vier Kerle sind inzwischen tot. Ich bin der Letzte, der noch lebt. Ich hatte gehofft, dass die Kiste erst nach meinem Tod geöffnet wird. Doch jetzt seid ihr gekommen und habt mein Geheimnis erfahren. Was werdet ihr tun?“

Otto und Edgar starrten sich an. „Was sollen wir mit einer leeren Kiste anfangen?"

„Wir könnten höchstens Blumen reinpflanzen", brummte Edgar.

„Ich habe einen besseren Vorschlag", sagte Graubart. „Ihr kommt mit hoch, ich mache euch eine Pizza, und ihr vergesst einfach, was heute passiert ist."

„Keine schlechte Idee", sagte Otto. „Was meinst du dazu, Edgar?"

Edgar zuckte die Achseln. „Eine Pizza ist besser als ein Schatz, den es gar nicht gibt. Und meinetwegen kann das Geheimnis noch länger ein Geheimnis bleiben."

Omas Geheimnis

„Oma ist irgendwie komisch geworden“, fand Anna, während sie sich Kakaopulver in ihre Milch schüttete.

„Warum?“, wollte Mama wissen.

„Sie malt sich die Lippen rot an und riecht nach Parfüm.“ Anna rümpfte die Nase. „Aber das Schlimmste ist: Sie hat jetzt nie richtig Zeit. Immer ist sie in Eile, egal, ob wir auf den Spielplatz gehen oder Eis essen. Wenn wir heimkommen, guckt sie gleich auf ihren Anrufbeantworter. Und ist total enttäuscht, wenn keiner angerufen hat. Wenn ich sie frage, kriege ich keine gescheite Antwort. Sie sagt höchstens: ‚Du wirst schon sehen!‘ oder ‚Sei nicht so neugierig!‘“

Mama schmunzelte vor sich hin. „Oma hat eben ein Geheimnis.“

Anna runzelte die Stirn. Geheimnisse waren gemein! Oma sollte ihr gefälligst erzählen, was los war.

Vielleicht hatte Oma ja eine Fernsehrolle bekommen und wollte die Familie damit überraschen? Anna dachte scharf nach. Ja, das würde alles zusammenpassen: die knappe Zeit, die neuen Kleider, das Parfüm …

„Zerbrich dir nicht den Kopf", meinte Mama. „Am Sonntag sind wir bei Oma eingeladen. Da lernen wir ihr Geheimnis kennen."

Anna war sehr aufgeregt, als sie am Sonntag bei Oma klingelten.

Oma hatte sich fein gemacht und strahlte übers ganze Gesicht.

„Ich habe Besuch", verriet sie. „Kommt mit ins Wohnzimmer!"

Anna reckte den Hals. Ob im Wohnzimmer die Fernsehleute saßen? Männer mit Kameras und Scheinwerfern? Vielleicht hatten sie schon ein Video von Oma gedreht und würden es zeigen!

Aber im Wohnzimmer saß nur ein älterer Mann mit weißen Haaren.

Er lächelte freundlich und stand auf, um Anna und ihre Eltern zu begrüßen. „Hallo, ich bin Klaus“, sagte er.

Anna war ein bisschen enttäuscht. Er hatte lustige blaue Augen, aber wie ein Mann vom Fernsehen sah er nicht gerade aus.

„Sind Sie Schauspieler?“, fragte Anna hoffnungsvoll.

„Nein, das bin ich leider nicht“, sagte der Mann. „Ich war Zugführer, aber inzwischen bin ich in Pension.“

„Klaus ist seit ein paar Monaten mein Freund.“ Oma wurde rot wie ein junges Mädchen. „Ich habe gedacht, es wird langsam Zeit, dass ihr ihn kennenlernt.“

„Und umgekehrt“, ergänzte Klaus. „Ich bin nämlich sehr gespannt. Ilse hat mir schon viel von euch erzählt.“

Jetzt wurde Anna alles klar. Oma war verliebt! Das also war ihr großes Geheimnis!

Zur Feier des Tages hatte Oma eine Torte gebacken. Klaus erzählte lustige und aufregende Geschichten, die er als Zugführer erlebt hatte. Die Zeit verging wie im Flug.

„Na, was sagst du jetzt?“, fragte Mama abends auf dem Heimweg.

„Klaus ist sehr nett“, meinte Anna. Es war gar nicht schade, dass er nichts mit dem Fernsehen zu tun hatte. Ein neuer Opa war viel besser als eine Oma im Fernsehen!

Der Zauberring

Katrin stand vor dem Automaten. Sie betrachtete sehnsüchtig das blaue Fenster. Dahinter lagen lauter Kunststoffkapseln. In manchen waren kleine Dinosaurier aus Plastik, in anderen silbrige Kettchen. In einigen war ein wunderschöner Ring.

Die Ringe hatten es Katrin angetan. So einen musste sie haben! Zögernd steckte sie ein Geldstück in den Schlitz.

„Bitte, lass es einen Ring sein", flüsterte sie, als sie den Griff drehte. Im Kasten rumpelte es. Dann purzelte eine Kapsel heraus. Ein Ring mit einem dunkelroten Stein. Hurra!

Katrin öffnete die Kapsel und streifte den Ring über den Finger. Er passte genau.

„Mein Ring", murmelte Katrin glücklich. „Mein ganz besonderer Ring!" Katrin hockte sich auf eine Mauer und schaute

ihren Ring an. Der rote Stein funkelte geheimnisvoll. Ob es ein Zauberring war?

„Ich mach dich stark“, flüsterte plötzlich der Ring.

Katrin hielt die Luft an. Hatte der Ring zu ihr gesprochen oder hatte sie sich bloß getäuscht? Sie wartete, aber der Ring sagte nichts mehr. Dann rutschte Katrin von der Mauer und ging heim.

Sie trug den Ring die ganze Nacht und auch am nächsten Morgen, als sie zur Schule wollte.

„Wieder so ein Quatsch aus dem Automaten?“, fragte Mama, als sie den Ring sah.

Katrin versteckte schnell die Hand auf dem Rücken. „Kein Quatsch“, sagte sie trotzig. Sie wusste ja, dass es ein besonderer Ring war!

In der Schule wurde Katrin aufgerufen.

Die Klasse hatte ein Gedicht lernen müssen. Das sollte Katrin aufsagen.

„Komm bitte nach vorne, Katrin“, sagte die Lehrerin.

Katrin stand auf und ging zur Tafel. Wenn sie im Unterricht aufgerufen wurde, war ihre Stimme oft ganz piepsig. Katrin wusste selbst nicht, warum. Die anderen Kinder hänselten sie dann und nannten Katrin eine Piepsmaus.

„Jetzt kommt gleich das Piepsmaus-Gedicht“, frotzelte Boris in der ersten Reihe.

Katrin bekam ein knallrotes Gesicht. Verlegen rieb sie ihre schwitzigen Hände. Dabei berührte sie den Ring.

„Ich mach dich stark“, flüsterte er.

Ja, das würde er! Keiner aus der Klasse hatte so einen Zauberring!

Katrin holte tief Luft. Ohne zu stocken, sagte sie ihr Gedicht auf. Ihre Stimme war viel kräftiger als sonst, das merkte sie selbst.

Und die Klasse merkte es auch. Niemand traute sich zu spotten.

„Prima, Katrin“, lobte die Lehrerin.

Katrin setzte sich wieder an ihren Platz. Glücklich legte sie die Hand über den Ring. Nur sie wusste, dass es ein Zauberring war.

In der Pause stellte sich Katrin beim Bäcker an. Wie schon so oft wollte sich der lange Achim vordrängen. Er grinste sie frech an. „Piepsmäuse kommen immer zuletzt dran.“

„Von wegen“, sagte Katrin und ließ ihn nicht vor. „Es geht der Reihenfolge nach. Du wartest!“

Achim schaute dumm. Was war denn mit Katrin los? Warum ließ sie sich heute nicht einschüchtern? Das verblüffte ihn so, dass er gar nicht merkte, als er an die Reihe kam.

„Na, wird's bald?“, fragte der Bäcker ungeduldig.

„Äh … eine Brezel wie immer“, stotterte Achim.

Als Katrin nach Hause kam, lächelte sie.

„Gibt’s was Neues in der Schule?“, fragte Mama.

„Ja“, antwortete Katrin. „Die anderen ärgern mich nicht mehr.“

„So plötzlich?“, wunderte sich Mama. „Warum denn das?“

„Das ist jetzt eben so“, sagte Katrin nur und verriet nichts. Der Zauberring war ihr Geheimnis.

Das Geheimversteck

Weil die Familie umgezogen war, musste Patrick in eine neue Schule gehen. Bald hatte er dort einen Freund gefunden: Tobias. Jeden Nachmittag zogen die beiden zusammen los, spielten Fußball oder kletterten auf Bäume.

Eines Tages zeigte Tobias seinem Freund die Schlucht. In der Mitte floss ein Bach. Links und rechts waren steile Hänge.

Die Jungen kletterten hinauf. Plötzlich entdeckte Patrick eine schmale Spalte im Felsen. Neugierig untersuchten die Jungen die Stelle.

„Eine Höhle“, sagte Patrick aufgeregt.

Die Öffnung war gerade groß genug, dass sie hindurchpassten. In der Höhle war es dunkel, und es roch nach Moder.

„Hoffentlich entdecken wir kein Skelett“, flüsterte Tobias. Mit zitternden Fingern riss er ein Streichholz an.

Die Höhle war nicht besonders groß. Nach hinten wurde sie niedriger. Dort stand eine alte Holzkiste.

„Hier wohnt einer“, sagte Patrick erschrocken.

„Nicht mehr“, meinte Tobias. „Guck doch mal, wie viel Staub auf der Kiste liegt.“

Während er weitere Streichhölzer abbrannte, untersuchte Patrick die Kiste.

Er fand einen Kompass, eine alte Decke, ein rostiges Taschenmesser, uralte Schuhe und eine Armbanduhr zum Aufziehen. Das Lederarmband war schon ganz brüchig. Patrick drehte an

dem kleinen Rädchen und hielt die Uhr ans Ohr. „Mensch, die tickt sogar noch! Solche Uhren hat man vor zwanzig, dreißig Jahren gehabt. Wem sie wohl gehört?“

Die Jungen grübelten. Wer hatte sich in der Höhle versteckt? Ein Mörder? Ein Bankräuber? Ein entflohener Häftling? Sollten sie der Polizei von ihrer Entdeckung erzählen?

Tobias zündete das letzte Streichholz an. „Gleich stehen wir im Dunkeln."

„Dann gehen wir lieber", meinte Patrick. Die Armbanduhr nahmen sie als Beweis mit.

Zu Hause bei Tobias berichteten die Jungen aufgeregt von ihrem Fund. Tobias' Vater schaute die Armbanduhr lange an, dann musste er schmunzeln. „Jungs, der Verbrecher, der die Höhle als Unterschlupf benutzt hat, steht vor euch!"

„Du, Papa?“, fragte Tobias verblüfft.
„Die Höhle war eine Zeitlang mein Geheimversteck, als ich die Schule geschwänzt habe“, gestand der Vater. „Unser Lehrer war krank und wir bekamen einen furchtbar strengen Aushilfslehrer. Ich hatte eine Heidenangst vor

ihm. Anstatt zur Schule zu gehen, habe ich mich vormittags in der Höhle versteckt. Nach einer Woche ist die Sache dann rausgekommen. Ich hatte noch Glück.“ Er lachte. „Mein richtiger Lehrer war sehr verständnisvoll. Er hat bei meinen Eltern ein gutes Wort eingelegt.“

Tobias’ Mutter schüttelte den Kopf. „Das höre ich ja zum ersten Mal. Was bist du nur für ein Geheimniskrämer, Theo!“

ZEITUNG

Manfred Mai

Detektivgeschichten

Illustriert von Wilfried Gebhard

36
30
8

Meisterdetektive

Axel sitzt allein vor dem Fernseher und schaut die siebte Folge von *Kalle Blomquist* an.

Als der Meisterdetektiv dem Dieb eine Falle stellt, kommt Axels Schwester Antonia ins Wohnzimmer. „He, Axel! Im Freibad hat heute jemand aus vier Schließfächern Geld und Klamotten geklaut. Sogar die Polizei war da. Aber sie haben nichts herausgefunden."

Axel guckt seine Schwester zweifelnd an. „Wie soll jemand vier Schließfächer aufbrechen, ohne dass es einer merkt?"

„Das ist ja das Eigenartige. Sie wurden gar nicht aufgebrochen. An den Türen und Schlössern war nicht der kleinste Kratzer. Aber als die Leute ihre Fächer aufgeschlossen haben, waren sie leer.“ Antonia grinst. „Wäre das nicht ein Fall für dich, du großer Detektiv?“

Darauf gibt Axel keine Antwort. Er geht zum Telefon, ruft seinen Freund Kevin an und schildert ihm den Fall. „Also bis gleich“, sagt er. „Und vergiss deine Dauerkarte nicht!“

Zehn Minuten später treffen sich die beiden an der Kasse. Sie zeigen ihre Dauerkarten und gehen am Kiosk vorbei zu den Schließfächern. Dort sehen sie sofort, dass tatsächlich keines aufgebrochen wurde.

„Der Täter hatte die Schlüssel für die Fächer“, stellt Axel fest.

„Die hat er den Leuten bestimmt gestohlen“, vermutet Kevin.

Axel schüttelt den Kopf. „Dann hätte er die Schlüssel ja wieder zurückgeben müssen, nachdem er die Fächer ausgeräumt hat.“

Kevin schlägt sich mit der Hand gegen die Stirn. „Mist, daran hab ich nicht gedacht. Aber irgendwie muss er sich die Schlüssel doch besorgt haben.“

„Die Leute hatten ihre Schlüssel“, überlegt Axel laut. „Der Täter hatte auch passende Schlüssel. Aber woher?“

Plötzlich leuchten Kevins Augen. „Vielleicht hat der Bademeister Zweitschlüssel.“

„Hm“, macht Axel. „Das könnte sein. Dann wäre er der erste Verdächtige.“

„Das müssen wir der Polizei sagen“, meint Kevin.

„Gar nichts müssen wir“, widerspricht Axel und versucht vergeblich, einen Schlüssel aus dem Schloss zu ziehen. „Hast du mal ’nen Euro?“

Kevin gibt ihm einen. „Den will ich aber wiederhaben.“

Axel wirft den Euro in den Geldschlitz, dreht den Schlüssel herum und zieht ihn ab.

„Und jetzt?“, fragt Kevin.

Axel schaut den Schlüssel in seiner Hand an. „Ich glaube, ich hab’s“, murmelt er. „Wenn man den Schlüssel in die Tasche steckt und hinausgeht, merkt es kein Mensch. Im Supermarkt gibt es einen Mann, der Nachschlüssel machen kann. Dann muss man hinterher nur den richtigen Schlüssel wieder zurückbringen und schon kann man sich jederzeit bedienen."

„Genial", sagt Kevin und holt seinen Euro wieder aus dem Schließfach.

„Entweder hat der Täter Nachschlüssel machen lassen oder der Bademeister war's", fasst Axel zusammen. „Jetzt müssen wir uns nur auf die Lauer legen und sehen, wer mehrere Schließfächer öffnet."

Sie tun so, als würden sie sich sonnen, lassen die Schließfächer aber nicht aus

den Augen. Nach einer halben Stunde fällt ihnen ein junger Mann mit einer großen Badetasche auf. Er öffnet ein Schließfach, schaut hinein und schließt es wieder. Dann geht er ein paar Schritte weiter und öffnet noch ein Schließfach.

„Das ist er“, flüstert Axel. „Hol schnell den Bademeister!“

Kevin rennt los.

Der junge Mann wühlt in den Sachen herum, steckt einiges in seine Badetasche und geht zum nächsten Schließ-

fach. Axel tritt von einem Bein aufs andere und hält sehnsüchtig nach dem Bademeister Ausschau.

Gerade als der Dieb das vierte Schließfach öffnen will, kommt Kevin mit dem Bademeister und einem Helfer angelaufen.

„Da ist er!“, ruft Axel und zeigt auf den Dieb.

„Was machen Sie denn da?“, fragt der Bademeister.

Der Dieb fährt blitzschnell herum und

will flüchten. Zu spät! Der Bademeister und sein Helfer stehen schon im Weg.

„Ich ... ich will meine Sachen aus dem Schließfach holen“, lügt der Dieb, um Zeit zu gewinnen.

„Er hat Nachschlüssel“, sagt Axel.

„Der Junge spinnt!“, ruft der Dieb.

„Lassen Sie mich den Schlüssel mal sehen“, verlangt der Bademeister.

Plötzlich rennt der Dieb los, zwischen dem Bademeister und seinem Helfer hindurch. Aber er kommt nicht weit. Ein paar Männer packen ihn und halten ihn fest.

Der Bademeister ruft die Polizei, die wenig später eintrifft. Axel und Kevin erzählen, wie sie dem Dieb auf die Spur gekommen sind.

Die Polizisten können es kaum glauben. „Alle Achtung, Jungs, das war wirklich eine Meisterleistung“, werden Axel und Kevin gelobt. „Von euch könnte sogar Kalle Blomquist noch was lernen.“

Wer war's?

Lena sitzt seit einer Stunde über ihren Schulaufgaben. Jetzt legt sie den Füller weg und reckt und streckt sich. Dann steht sie auf, geht in die Küche und öffnet den Kühlschrank.

„Wo ist er denn?“, murmelt sie vor sich hin, nimmt die Wurstbox heraus und schiebt die Marmeladengläser zur Seite. „Das gibt's doch nicht“, sagt sie, dreht sich um und ruft in den Flur: „Wer hat meinen Joghurt gegessen?“

„Ich nicht“, kommt Florians Antwort aus dem Wohnzimmer.

Lena stößt die Tür auf.

„Ich auch nicht“, sagt Stefanie. „Ich kann den Kühlschrank ja gar nicht allein aufmachen.“

„Ihr lügt!“, ruft Lena wütend. „Immer klaut ihr meinen Lieblingsjoghurt, und nie wollt ihr es gewesen sein!“

„Ich mag sowieso keinen Erdbeerjoghurt“, sagt Florian. „Den kannst du allein essen.“

Lena lässt die beiden in Ruhe und läuft die Treppe hoch in Philipps Zimmer. „Du hast meinen Joghurt gegessen!“, beschuldigt sie ihn.

„Du spinnst wohl!“, ruft Philipp. „Hier einfach so reinzuplatzen.“

„Gib’s zu!“, fällt ihm Lena ins Wort.

„Ich gebe gar nichts zu“, sagt Philipp. „Und jetzt verschwinde, sonst …“ Er nimmt ein Buch und droht, damit zu werfen.

Lena knallt die Tür zu und geht in ihr Zimmer. „Ich krieg es schon noch raus“, murmelt sie, wirft sich auf ihr Bett und überlegt, wie sie den Täter oder die Täterin überführen könnte.

Nach einer Weile schnippt sie mit den Fingern und grinst. „Das ist es!“ Sie steht auf, zieht ihre Schuhe an, macht sich auf den Weg in den Supermarkt und kauft einen Erdbeerjoghurt.

Zu Hause öffnet sie den Becher ganz vorsichtig, isst etwas mehr als die Hälfte und kippt den Rest auf einen Teller. Dann schüttet sie Ketchup und Senf in den Becher, gibt Mehl und viel Pfeffer dazu und rührt alles gut durch. Weil die Pampe viel zu rot ist, wirft Lena noch mal zwei Löffel Mehl hinein. Obendrauf streicht sie eine dünne Schicht Joghurt, damit es richtig echt aussieht. Zum Schluss

klebt sie den Deckel wieder zu und stellt den Becher in den Kühlschrank. Dann verzieht sie sich in ihr Zimmer, lässt die Tür jedoch ein Stück offen, um besser zu hören, was draußen passiert. Aber bis zum Abend passiert gar nichts.

Auch am nächsten Tag braucht Lena viel Geduld.

Erst als sie schon im Bett liegt, hört sie unten jemanden „Pfui Teufel!“ rufen. Mit einem Satz ist sie aus dem Bett, saust die Treppe hinunter und in die Küche. Dort steht Papa über das Spülbecken gebeugt und spuckt Lenas Pampe aus.

„Du warst es“, stellt Lena überrascht fest.

Papa hustet. „Was war ich?“

„Was ist denn los?“, fragt Mama, die aus dem Wohnzimmer kommt.

„Papa hat meinen Lieblingsjoghurt gegessen und …“

„Lieblingsjoghurt?“, fällt Papa Lena ins

Wort. „Ein Teufelsfraß ist das. Ich werde die Firma anzeigen, die diesen Dreck hergestellt hat.“ Anklagend hält er den Becher hoch.

Jetzt kommen auch Philipp, Stefanie und Florian angetrottet.

„Was ist denn hier für ein Lärm?“, fragt Philipp und gähnt.

„Wie sollen wir denn da schlafen?“, beschwert sich Stefanie.

„Papa hat etwas Schlechtes gegessen“, erklärt Mama den Kindern.

„Etwas Schlechtes!“, sagt Papa und hält ihr den Becher unter die Nase. „Damit kann man einen Ochsen vergiften!“

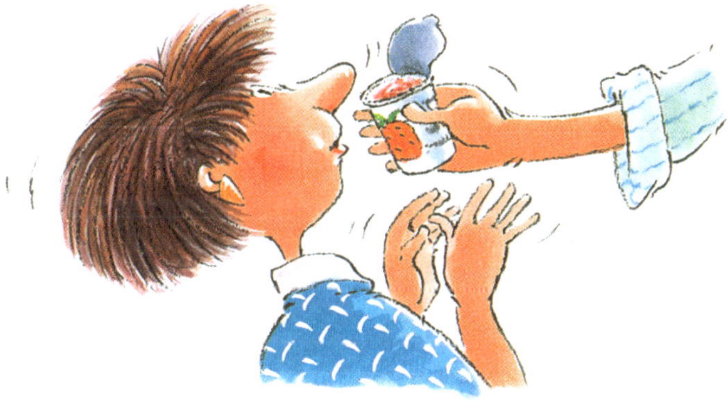

Mama schnüffelt in den Becher. „Riecht irgendwie nach Ketchup.“

„Das war ich“, murmelt Lena.

„Was warst du?“, fragt Papa.

Da erzählt Lena die ganze Geschichte. Am Ende sagt sie: „Und jetzt weiß ich, dass du immer meinen Lieblingsjoghurt wegisst."

Mama kann sich ein Grinsen nicht verkneifen.

Papa schüttelt den Kopf. Dabei zieht ein Lächeln über sein Gesicht. „Du bist ja ein ganz schlaues Mädchen", lobt er Lena. „Wenn du groß bist, musst du unbedingt Detektivin werden."

Keine schöne Überraschung

Mama hat Geburtstag. Familie Koller fährt ins „Gasthaus zur Sonne“ zum Mittagessen.

Die neunjährige Saskia freut sich schon darauf, ihr sechzehnjähriger Bruder Stefan nicht.

Er macht nicht gern „auf Familie“, wie er das nennt. Aber an Mamas Geburtstag will er kein Spielverderber sein und kommt mit.

Das Gasthaus ist gut besucht. Familie Koller setzt sich an den letzten freien Tisch. Zum Glück bringt eine Bedienung gleich die Speisekarten und schreibt auf, was die Kollers trinken wollen.

Saskia muss mal, und Mama geht mit zum Händewaschen. Als sie zurückkommen, stehen die Getränke schon auf dem Tisch.

Papa hebt sein Glas. „Auf eure Mama“, sagt er.

Alle nehmen ihr Glas und stoßen miteinander an.

Während sie auf das Essen warten, baut Papa mit Saskia ein Bierdeckelhaus. Mama schaut ihnen zu, und Stefan beobachtet die Leute.

„Mein Ring!“, sagt Mama plötzlich. „Ich hab ihn auf dem Waschbecken liegen lassen.“ Sie steht auf und geht schnell zur Toilette. Wenig später kommt sie zurück und schüttelt den Kopf. „Er ist nicht mehr da.“ Sie ist den Tränen nahe.

„Der neue Ring, den Papa dir heute zum Geburtstag geschenkt hat?“, fragt Saskia.

Mama nickt. „Ich wollte nicht, dass Seife drankommt, weil …“

„Aber der Ring ist doch aus echtem Silber“, sagt Papa. „Dem schadet das bisschen Seifenwasser nichts.“

„Eine von denen hat ihn“, murmelt Stefan.

„Wie bitte?“, fragt Papa.

„Die blonde Frau dort vorne, die Schwarzhaarige neben der Tür und die

mit der weißen Bluse am Fenster waren nach Mama auf dem Klo", erklärt Stefan. „Wenn der Ring nicht mehr da ist, muss ihn eine von ihnen weggenommen haben."

„Das kannst du doch nicht einfach behaupten", sagt Papa.

„Doch." Stefan steht auf und geht zu der blonden Frau. „Mein Name ist Stefan Koller, ich bin Privatdetektiv und habe eine Frage."

Die Frau guckt Stefan mit offenem Mund und großen Augen an.

„Sie waren vorhin auf der Toilette. Haben Sie da einen Ring auf dem Waschbecken liegen sehen?"

„Ich … äh … ja, da lag ein Ring", stammelt die Frau.

„Und?", fragt Stefan.

„Was und?"

„Was haben Sie mit dem Ring gemacht?" Stefan lässt nicht locker.

„Nichts."

„Sie haben ihn also liegen lassen?“
Die Frau nickt. „Selbstverständlich. Oder glauben Sie etwa, ich hätte den Ring weggenommen?“

„Ich glaube gar nichts“, antwortet Stefan ruhig. „Vielen Dank für Ihre Auskunft.“ Er geht weiter zu der schwarzhaarigen Frau und stellt ihr die gleiche Frage.

„Ich habe keinen Ring gesehen“, sagt die Frau barsch.

„Aber ...“

„Zieh Leine, Bürschchen, und lass meine Frau in Ruhe!“, zischt der Mann.

Stefan geht einfach weiter und stellt sich der Frau am Fenster vor.

„Privatdetektiv“, wiederholt sie ungläubig. „Dafür scheinen Sie mir ein bisschen jung zu sein.“

„Ich bin noch in der Ausbildung“, sagt Stefan.

„Ach, und jetzt wollen Sie an mir etwas ausprobieren, was?“

„Nein, ich habe nur eine Frage“, antwortet Stefan. „Haben Sie vorhin auf dem Waschbecken in der Toilette einen Ring liegen sehen?“

„Einen Ring?“, fragt die Frau zurück.

Stefan nickt. „Es ist nämlich einer verschwunden."

Die Frau zeigt Stefan beide Hände. „Nein. Wie Sie sehen, habe ich an jedem Finger einen. Zu denen würde ein silberner überhaupt nicht passen. Und jetzt verschonen Sie mich bitte mit Ihren Kindereien, sonst rufe ich den Wirt."

„Vielen Dank für die Auskunft", sagt Stefan freundlich und geht zu seiner Familie zurück.

„Die Leute schauen schon", flüstert Mama, der die ganze Sache peinlich ist.

„Das macht doch nichts“, sagt Stefan. „Ich weiß jetzt, welche Frau deinen Ring geklaut hat.“

„Echt?“, fragt Saskia und guckt ihren großen Bruder voller Bewunderung an. „Dann musst du sie verhaften.“

Stefan lacht. „Das darf ich leider nicht, das darf nur die Polizei. Und die rufe ich jetzt an.“

„Bist du auch sicher?“, fragt Papa.

„Ganz sicher“, antwortet Stefan und geht zum Telefon.

Karola Köpfchen

Hallo!

Ja, du!

Genau dich meine ich.

Du brauchst dich nicht umzuschauen, du wirst mich nämlich nicht sehen.

Darf ich mich vorstellen? Mein Name ist Karola Köpfchen. Ich bin Detektivin.

Was, du hast noch nie etwas von mir gehört? Na, das ist ja ein starkes Stück!

Dann muss ich dir gleich von meinem letzten Fall erzählen, damit du weißt, mit wem du es zu tun hast.

Also, hör zu! Gestern Nachmittag lag ich im Liegestuhl hinter dem Haus, um mich von meinem vorletzten Fall zu erholen. Da hörte ich auf der Straße jemanden schimpfen: „Verdammt noch mal! Hier muss er doch irgendwo liegen!“

Das war Sabines Stimme. Sabine ist eine richtige Nervensäge. Jeden Tag verliert sie mindestens zehnmal etwas, und ich soll es dann wieder finden. Dabei hat eine große Detektivin wie ich dafür überhaupt keine Zeit. Deswegen schloss ich die Augen und stellte mich schlafend.

Aber Nervensägen wie Sabine nehmen keine Rücksicht darauf, dass große Detektivinnen sich nach einem anstrengenden Fall erholen müssen.

„He, Karola! Kannst du mir mal suchen helfen?“

Suchen helfen – wenn ich das schon höre! Eine Detektivin sucht nicht, sie ermittelt. Aber das wird Sabine nie begreifen.

„Karola, wach auf!“ Sabine rüttelte mich heftig am Arm.

„Was ist denn?“, fragte ich verschlafen.

„Ich habe meinen Wohnungsschlüssel verloren“, antwortete Sabine.

Ich schaute auf die Uhr. Falls ich den Fall übernehmen würde, musste ich ja wissen, wie lange ich brauchte, um ihn zu lösen.

„Wo?“, fragte ich.

„Was wo?“, fragte sie zurück.

„Wo du ihn verloren hast.“

„Wenn ich das wüsste, hätte ich ihn schon wieder gefunden."

Da hatte Sabine ausnahmsweise mal recht. „Tut mir leid", sagte ich, „aber ich habe keine Zeit."

Sabine zog eine Tüte Gummibärchen aus der Tasche. „Wenn du ihn findest, bekommst du die Hälfte davon."

Diese Nervensäge kennt meine einzige schwache Stelle.

„Also gut, ich übernehme den Fall. Aber ich will zehn Gummibärchen als Anzahlung."

Sabine war einverstanden.

„Erste Frage", sagte ich. „Gibt es einen Ersatzschlüssel?"

Sabine nickte.

„Dann nimm doch den", schlug ich vor.

Sabine verdrehte die Augen, als würde sie gleich in Ohnmacht fallen. „Den hab ich doch nicht bei mir, der hängt am Schlüsselbrett in der Wohnung."

„So was Dummes, da nützt er doch gar

nichts“, sagte ich und schüttelte mein Köpfchen. „Zweite Frage: Hat sonst noch jemand einen Schlüssel für die Wohnung?“

„Meine Mama natürlich.“

„Warum holst du ihn dann nicht bei ihr?“, fragte ich und steckte ein rotes Gummibärchen in den Mund.

„Weil Mama im Büro ist“, antwortete Sabine. „Und ich muss vor ihr zu Hause sein und den Abendbrottisch decken.“

„Dritte Frage: Wann hast du den Schlüssel zuletzt gehabt?“

Sabine überlegte. „Als ich aus der Wohnung ging, um Brot zu kaufen, glaube ich.“

„Hast du die Tür abgeschlossen?“

Sabine zuckte mit den Schultern.

„Denk scharf nach!“, forderte ich sie auf und steckte ein gelbes Gummibärchen in den Mund.

Sabine legte die Stirn in Falten. „Nein, ich hab die Tür nicht abgeschlossen, ich hab sie nur zugezogen."

„Aha!"

„Warum ist das denn so wichtig?", wollte Sabine wissen.

„Ich stelle hier die Fragen", antwortete ich. „Vierte Frage: Wohin tust du den Schlüssel, wenn du die Wohnung verlässt?"

„Ich hänge ihn um den Hals." Sabine schaute an sich hinunter. „Aber da hängt er nicht."

Als sie den Kopf wieder hob, entdeckte ich etwas. „Dreh dich mal um!", sagte ich.

„Warum?"

„Du sollst keine Fragen stellen, sondern tun, was ich sage!"

„Du liegst hier auf dem Liegestuhl, futterst meine Gummibärchen und redest dummes Zeug", meckerte Sabine. „Hilf mir lieber endlich suchen!"

Ich schob die restlichen Gummibärchen

auf einmal in den Mund. „Wenn du dich umdrehst, sage ich dir, wo der Schlüssel ist.“

„Du spinnst“, rief Sabine, drehte sich aber trotzdem um.

„Na also, da ist er ja“, triumphierte ich.

„Wo?“, fragte Sabine.

„Direkt hinter dir“, antwortete ich und musste lachen, als Sabine hinter sich auf den Boden schaute. „Nicht auf dem Boden, auf deinem Rücken.“

Es dauerte noch eine Weile, bis Sabine alles begriff. Dann war sie ziemlich erleichtert. Sie gab mir meinen verdienten Lohn und zog ab.

Ich, die große Detektivin Karola Köpfchen, hatte wieder einen Fall gelöst. In genau viereinhalb Minuten. Und diesmal sogar, ohne vom Liegestuhl aufzustehen. Das soll mir erst mal einer nachmachen.

Wenn du also ein Problem hast und Hilfe brauchst, wende dich an Karola Köpfchen. Das wollte ich dir einfach mal sagen.

Hast du gehört?

Ja, du!

Genau dich meine ich.

Ein geheimnisvoller Mann

Vanessa und Marvin machen mit ihren Eltern Urlaub in einem Sporthotel im Bayerischen Wald. Papa und Mama wollen endlich mal etwas für ihre Gesundheit tun. Sie joggen, klettern auf Berge, plagen sich im Kraftraum, lassen sich massieren und liegen stundenlang in der Sauna oder im Whirlpool. Den finden auch Vanessa und Marvin spitze. Genauso wie den tollen Swimmingpool. Von allem anderen haben sie schon nach zwei Tagen die Nase voll.

Wenn sich Mama und Papa nach dem Frühstück „ein wenig bewegen“ wollen, bleiben Vanessa und Marvin lieber im Hotel. Dort fällt ihnen ein Mann auf, der sich sehr eigenartig verhält. Bevor er das Zimmer verlässt, streckt er den Kopf heraus und schaut nach allen Seiten. Dann geht er schnell durch den Flur, fährt aber nicht mit dem Lift, sondern nimmt die Treppe. Dabei guckt er sich immer wieder um, als habe er Angst, jemand könnte ihn sehen. Im Erdgeschoss angekommen, schleicht er durch den Hinterausgang zum Parkplatz, wirft etwas in ein Auto und läuft davon.

„Mit dem stimmt doch etwas nicht“, meint Vanessa.

„Ich glaube, der klaut“, sagt Marvin. Das wollen die beiden genau wissen. Sie nehmen sich vor, den geheimnisvollen Mann zu beobachten.

Nach dem Mittagessen legen sich Mama und Papa aufs Ohr. Vanessa und Marvin legen sich auf die Lauer. Sie lassen die Zimmertür des Mannes nicht aus den Augen. Doch nichts rührt sich – bis die gegenüberliegende Tür sich langsam öffnet und der Kopf des Mannes erscheint. Wieder schleicht er wie ein Dieb aus dem Hotel.

„Der klaut“, flüstert Marvin.

„Los, ihm nach!“, sagt Vanessa. Und schon nehmen sie die Verfolgung auf. Der Mann schleicht wieder zum Auto. Er schaut sich um, zieht den Bademantel

aus, wirft ihn ins Auto und trabt davon. Jetzt fällt den Kindern erst auf, wie dick der Mann ist. Er wählt den kürzesten Weg in den nahen Wald. Vanessa und Marvin bleiben ihm auf den Fersen. Der Mann hechelt, keucht und prustet wie ein Walross. Es dauert auch nicht lange, bis er sich erschöpft auf eine Bank fallen lässt.

Dort ruht er sich eine Weile aus, dann läuft er weiter. Nach einer halben Stunde Waldlauf biegt er wieder auf den Parkplatz ein, holt seinen Bademantel aus dem Auto und verschwindet schnell in seinem Zimmer.

„Komisch“, sagt Vanessa. „Er hat sich mit keinem getroffen, er hat nichts versteckt und auch sonst nichts Verdächtiges getan – außer dass er zwei Zimmer benutzt. Ich glaube nicht, dass er klaut.“

„Warum tut er dann immer so heimlich?“, fragt Marvin.

Vanessa zieht die Schultern hoch.

Am nächsten Tag schleicht der Mann nicht aus dem Haus, sondern zur Sauna. Er guckt zu dem kleinen Fenster hinein und sieht, dass jemand drin ist. Da huscht er weiter zum Kraftraum, lauscht an der Tür und geht hinein.

Vanessa und Marvin folgen ihm auf

leisen Sohlen. Sie sehen, dass er auf dem Rücken liegt und Gewichte hochzieht. Die zwei wollen näher ran. Dabei stößt Marvin gegen den Treter eines Trimmrads.

Der Mann entdeckt die beiden, erschrickt und hält seinen Bademantel schützend vor sich, als wäre er nackt.

„Was wollt ihr hier?“

„Wir … äh … wir …“, stottert Marvin.

„Los, verschwindet!“, ruft der Mann.

Die Kinder verziehen sich schnell. Draußen sagt Vanessa: „Jetzt weiß ich, warum er so komisch tut. Der schämt sich, weil er so dick ist.“

„Meinst du?“, fragt Marvin zweifelnd. „Und was hat er dann gestern in dem anderen Zimmer gemacht?“

Das wird beim Mittagessen klar. Da erzählt die Frau des Mannes einer Tischnachbarin: „Wenn wir in Urlaub fahren, nehmen wir immer zwei Einzelzimmer, weil mein Mann wie ein Wildschwein schnarcht.“

Der dicke Mann muss sich auch sonst noch einiges anhören, was ihm ziemlich peinlich ist. Da tut er Vanessa und Marvin leid. Ein bisschen schämen sie sich sogar, weil sie ihn einen Dieb genannt haben.

Mister X

Wie jeden Mittwochnachmittag ist Sebastian allein zu Hause. Er muss ein Gedicht aus dem Lesebuch abschreiben und auswendig lernen. Die erste Strophe hat er gerade geschafft, als das Telefon läutet. Sebastian nimmt den Hörer ab und meldet sich. Am anderen Ende der Leitung ist ein Rauschen zu hören.

„Hallo!“, sagt Sebastian.

Nichts. Sebastian hört nur das Rauschen. „Komisch“, murmelt er und legt auf.

Es dauert nicht lange, da läutet das Telefon wieder. Sebastian zögert kurz, dann nimmt er ab und nennt seinen Namen. Am anderen Ende meldet sich niemand.

„Hallo!“, ruft Sebastian. „Wer ist denn da?“

Nichts. Sebastian hört wieder nur das Rauschen. Er will schon auflegen, da sagt eine krächzende Stimme: „Hier spricht Mister X. In einer Stunde werde ich dich holen.“

Sebastian lässt den Hörer fallen und läuft aus der Wohnung, als sei der Teufel hinter ihm her. So schnell ihn seine Beine tragen, rast er zu seinem Freund Manuel. Dort drückt er so lange auf den Klingelknopf, bis Manuels Mutter öffnet.

„Was ist denn passiert?“, fragt sie verwundert.

„Er will mich holen!“

„Wer will dich holen?“, fragt Manuels Mutter.

Sebastian schnieft. „Mister X will mich holen.“

„Was ist mit Mister X?“, fragt Manuel, der gerade aus seinem Zimmer kommt.

Sebastian erzählt ihm und seiner Mutter die ganze Geschichte.

„Das ist garantiert so ein Lausejunge, der dir Angst machen wollte“, sagt Manuels Mutter.

„Den Kerl schnappen wir uns“, ruft Manuel und zieht Sebastian am Arm. „Los, komm mit!“

Die beiden gehen in Manuels Zimmer.

Dort denken sie scharf nach. Genau genommen denkt nur Manuel scharf nach. Dem armen Sebastian sitzt der Schreck noch zu sehr in den Gliedern und im Kopf.

„Dieser Mister X hat gewusst“, beginnt Manuel, „dass du allein zu Hause warst. Und woher hat er das gewusst?“

Sebastian zieht die Schultern hoch.

„Er muss dich gut kennen und wissen, dass du mittwochs immer allein zu Hause bist.“

„Mich kennen viele“, murmelt Sebastian.

„Aber nicht alle“, sagt Manuel. „Und alle, die dich nicht kennen, können auch nicht Mister X sein. Klar?“

Das ist sogar dem armen Sebastian klar.

„Und nun zu dem Anruf“, fährt Manuel fort. „Hast du keine anderen Stimmen oder verdächtige Geräusche gehört?“

„Stimmen nicht, nur so ein komisches Rauschen“, antwortet Sebastian.

„Was war das für ein Rauschen?“

Sebastian versucht, sich genau zu erinnern. „Es hörte sich an wie Wasser.“

„Wie Wasser?“

Sebastian nickt. „Ja, wie ein laufender Wasserhahn oder eine Klospülung, die nicht aufhört.“

Manuels Gehirn arbeitet auf Hochtouren. „Könnte es auch ein Bach gewesen sein?“

„Ein Bach?“ Sebastian überlegt. „Ich glaube schon.“

„Dann wohnt Mister X am Schlossbach“, stellt Manuel fest.

„Meinst du?“, fragt Sebastian.

„Klar.“ Manuel ist sich seiner Sache sicher. „Jetzt müssen wir nur noch herausbekommen, wer am Schlossbach wohnt, dich gut kennt und dir eins auswischen wollte.“

„Ich weiß aber nicht, wer am Schlossbach wohnt“, sagt Sebastian. „Ich weiß nur, dass dort das Hochhaus ist.“

„Die Sabine aus unserer Klasse wohnt am Schlossbach“, sagt Manuel.

„Die war es bestimmt nicht“, meint Sebastian. „Die hat keine so tiefe Krächzerstimme.“

Nach langer Beratung bleiben zwei Jungen aus dem Hochhaus als mögliche Anrufer übrig. Lukas Rogler aus Sebastians und Manuels Klasse und Jörg Huber aus der vierten Klasse.

Sofort laufen Manuel und Sebastian zum Hochhaus, um den Fall zu klären.

„Fällt dir was auf?“, fragt Manuel. „Hier vorne ist der Bach kaum zu hören. Also muss die Wohnung von Mister X nach hinten zum Bach rausgehen. Wir müssen ins Haus und nachsehen, wo Jörg und Lukas wohnen.“

Manuel und Sebastian schleichen zum Eingang. Eben kommt eine Frau heraus, und bevor die Tür wieder zuschnappt,

sind die beiden schon drin. Sie huschen durch das Treppenhaus und lesen die Namensschilder an den Türen. Nur Jörg Huber wohnt im hinteren Teil des Hochhauses.

„Jetzt haben wir ihn“, sagt Manuel, als sie wieder unten sind. Er entdeckt Jörgs Fahrrad im Fahrradständer. „Komm, dem lassen wir die Luft aus den Reifen!“

„Und wenn er es gar nicht war?“ Sebastian ist sich nicht so sicher wie Manuel.

„Der war's“, sagt Manuel. „Und selbst, wenn er es nicht war, lassen wir ihm die Luft raus. Weil er so ein doofer Angeber ist.“

„Ich muss aber wissen, ob er es war“, murmelt Sebastian.

Da hat Manuel eine Idee. Er läuft zum Eingang und drückt auf die Huber-Klingel.

„Ja, was gibt's?“, krächzt Jörgs Stimme aus der Sprechanlage.

„Komm schnell runter, da will einer dein Fahrrad klauen!“, sagt Manuel.

„Ich komme!“

Manuel und Sebastian verstecken sich hinter der großen Mülltonne. Zehn Sekunden später kommt Jörg aus dem Haus gestürzt. Er sieht sein Fahrrad und ist erleichtert.

„Hallo, Mister X!“, ruft Manuel hinter der Mülltonne. Er und Sebastian zeigen sich.

„Wie… wieso … wieso Mister X?“, stottert Jörg. „Ich bin nicht Mister X.“

„Klar bist du's", sagt Manuel. „Wir haben Beweise."

Jörg schaut sich ängstlich um. „Ich … ich … war's nicht. Ich hab nicht angerufen."

Manuel stupst Sebastian an. „Ach, du hast nicht angerufen. Das ist ja interessant. Wo hast du denn nicht angerufen?"

„Bei niemand", sagt Jörg und läuft zurück ins Haus.

„Glaubst du mir jetzt, dass es Jörg war?", fragt Manuel.

„So ein gemeiner Kerl!" Sebastian geht zu Jörgs Rad und lässt aus beiden Reifen die Luft raus.

„Damit wäre der Fall ja gelöst", sagt Manuel.

Geheimnisgeschichten

Marliese Arold, Jahrgang 1958, wollte schon als Kind Schriftstellerin werden. Aus Liebe zu Büchern wurde sie zunächst einmal Bibliothekarin, aber seit 1983 ihre ersten eigenen Werke veröffentlicht wurden, lebt sie als freie Autorin und arbeitet für verschiedene Verlage.

Alex de Wolf wurde 1958 in Amstelveen, einem Vorort von Amsterdam, geboren. Er studierte Grafik und Illustration an der Rietveld-Akademie und schloss sein Diplomstudium 1982 ab. Er illustriert Bilder-, Kinder- und Jugendbücher und arbeitet auch für Zeitschriften.

Detektivgeschichten

Manfred Mai ging als Junge nicht gern zur Schule. Er spielte lieber Fußball und streifte oft mit seinen Freunden durch die Wälder um ihre Heimatgemeinde Winterlingen auf der Schwäbischen Alb. Über diese und seine späteren Erlebnisse als Lehrer und Vater hat Manfred Mai in vielen Geschichten geschrieben.

Wilfried Gebhard ist in Crailsheim geboren und in Stuttgart aufgewachsen. Nach dem Grafikstudium an der Grafischen Fachschule und der Staatlichen Akademie der bildenden Künste in Stuttgart arbeitete er zunächst in der Werbung. Später kam er zum Cartoon und zur Illustration. Neben zahlreichen Veröffentlichungen in Magazinen und Zeitschriften, Cartoon- und Kinderbuchverlagen entstanden Arbeiten fürs Kinderfernsehen.

Leselöwen

ISBN 978-3-7855-7663-2

Pfiff, Elfmeter! Marius und Sonja zanken sich, wer den entscheidenden Schuss aufs Tor machen darf … Für Leon hingegen ist klar: Mädchen können nicht Fußball spielen. Doch auf dem Bolzplatz erwartet ihn und seine Freunde eine große Überraschung.

Leselöwen

ISBN 978-3-7855-8098-1

Auf dem Dachboden gibt es wackelige Leitern,
knarrendes Holz, riesige Spinnweben und – halt! –
war da nicht gerade ein Geist? Und auch im Baumhaus
gilt es, jede Menge Abenteuer zu bestehen.

Leselöwen

ISBN 978-3-7855-8100-1

Ganz schön gefährlich: Drachen spreizen
ihre Flügel und spucken Feuer!
Und mit etwas Fantasie erwachen Dinosaurier aus
längst vergangenen Zeiten zum Leben …

LESELÖWEN
Das Original

Leselöwen

ISBN 978-3-7855-8102-5

Wenn man Tiere hat, kann das ganz schön aufregend sein. Hund Max jault beim Auftritt des Chors mit und kleine Kätzchen sorgen bei ihren Erkundungstouren für Wirbel.

LESELÖWEN
Das Original

Erlebe Abenteuer mit Tafiti ...

Band 1
ISBN 978-3-7855-7486-7

Band 2
ISBN 978-3-7855-7550-5

Band 3
ISBN 978-3-7855-7551-2

Loewe

... und seinen Freunden!

Band 4
ISBN 978-3-7855-7823-0

Band 5
ISBN 978-3-7855-8033-2

Band 6
ISBN 978-3-7855-8118-6

Loewe